Début d'une série de documents
en couleur

COUVERTURES SUPERIEURE ET INFERIEURE D'IMPRIMEUR

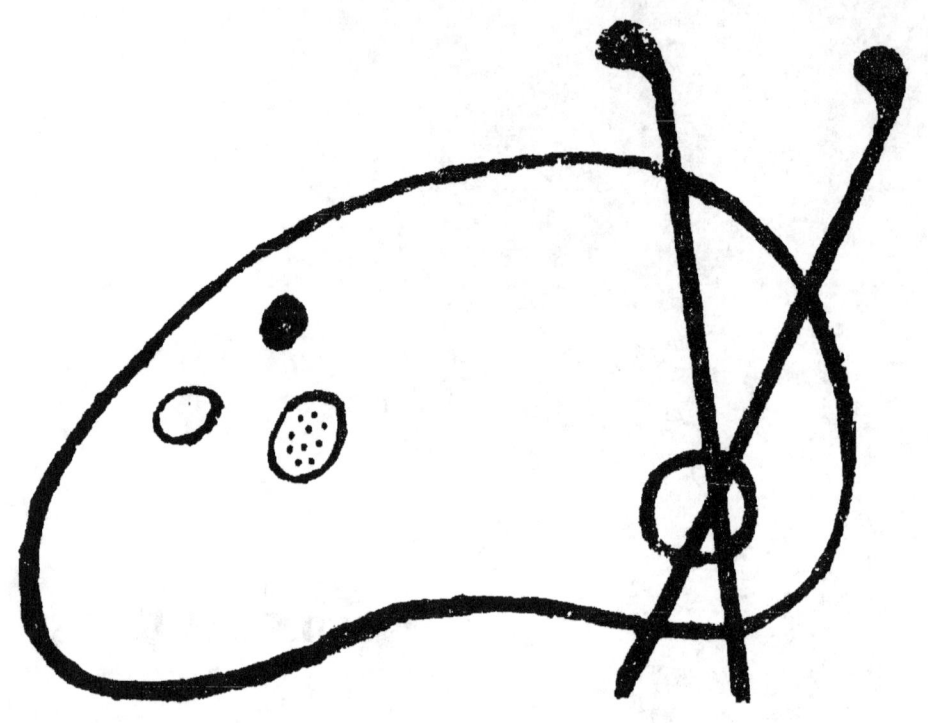

Fin d'une série de documents
en couleur

LE PETIT POÈTE

—

3º SÉRIE IN-32.

IL SE SENTIT PRIS ENTRE DEUX
JAMBES. (P. 15.)

LE
PETIT POÈTE

PAR

Eugénie FOA

QUATRE GRAVURES

LIMOGES
EUGÈNE ARDANT ET Cⁱᵉ
ÉDITEURS.

LE
PETIT POÈTE

Deux heures de l'a-près-midi sonnaient à toutes les horloges de Rome ; au même instant, la cloche du Capitole donna le signal de la fête ; on était au mardi précédant le

Mardi-Gras de l'année 1708.

A ce moment-là, un homme de quarante-quatre ans environ, petit, maigre, le visage triste et empreint de cette mélancolie pensive que témoigne une pâleur studieuse, entrait dans la rue du Corso; mais au premier pas qu'il fit dans cette rue, il s'arrêta étourdi, ébloui, incapable d'avancer.

Cette grande rue du Corso, si large, si droite, qu'on peut, du palais de Venise qui la commence, apercevoir la place du Peuple qui la termine, se trouva tout d'un coup, et

comme par enchante-
ment, remplie d'une
foule immense de mas-
ques de toutes les gran-
deurs, de tous les âges,
de toutes les bigarru-
res; il y en avait en
carrosse, il y en avait
à pied, il y en avait à
cheval; il en débou-
chait de toutes les rues
adjacentes, il en sur-

gissait à toutes les croisées des maisons; on en voyait poindre jusque sur les toits, puis des balcons qui ornent toutes les façades; on voyait descendre des tapis de toutes les couleurs qui, s'agrafant au balcon même et se trouvant ainsi suspendus, faisaient que maisons et habitants s'unissaient comme pour faire ensemble une longuè mascarade.

Ce spectacle si singulier, même pour les Romains qui y sont habitués, avait rendu immobile et muet l'homme que vous savez, et avait même fait perdre à ses traits cet air de langueur qui leur était habituel. Mais bientòt, soit à cause de son costume sérieux et qui ne ressemblait en rien à ceux bariolés de ses voisins, soit à cause de l'absence de tout masque sur son visage, il devint le but des attaques

de toute cette joyeuse
population ; c'étaient
des bouquets que lui
jetaient les femmes en
passant, c'étaient des
bonbons et des oranges
qu'on faisait pleuvoir
sur lui du haut des
voitures, c'étaient des
nuages de farine qui
lui entraient dans les
yeux, dans la bouche,

et le rendaient sembla-
ble à un meunier dans
l'exercice de ses fonc-
tions.

Étourdi par tout ce
brouhaha, notre étran-
ger ne savait où se four-
rer pour échapper à ce
déluge d'objets de tou-
tes sortes qui l'assail-
laient, lorsqu'il se sen-
tit pris entre deux jam-

bes de bois; il leva la tête et aperçut, juché sur deux longs bâtons, un grand paillasse dont le large pantalon blanc, retombant jusqu'à ter-re, lui donnait l'appa-rence d'un géant. Puis, du haut de ce colosse, une voix partit qui, dans des chants ondu-lés et pleins d'harmonie, se mit à lui chanter.

Salut au seigneur Gravina
Jean Vincent,
Célèbre jurisconsulte de Roggiano,
Petite ville de la Calabre ultérieure
Peu éloignée de Cosenza,
Salut, salut à l'auteur
De la tragédia di Cristo.

Etonné, non de s'entendre nommer, car il était assez connu à Rome, mais de cette voix enfantine et mélo-

2

dieuse qui sortait d'un si grand corps, il leva les yeux et chercha à démêler, soit dans sa tournure, soit dans les traits de celui qui l'interpellait d'une façon si étrange et en même temps si suave, quelque indice qui pût le lui faire reconnaître; mais impossible de rien distinguer dans cette longue personne ; on ne savait où commençait le corps ni où il finissait ; et, quant au visage, cette tête qui riait, qui chantait, qui se remuait si grotesquement, était tellement barbouillée de farine qu'on ne pouvait distinguer même la couleur des cheveux.

Force fut donc au seigneur Gravina de poursuivre sa route en cherchant à se frayer un passage au milieu de cette cohue si compacte, si serrée, si bruyante, si animée.

Toutefois, et avec beaucoup de peine, il atteignit une maison au bas de laquelle était située une boutique de barbier; il se réfugia dans la boutique.

« Vite, signor Gavarino, dit-il en se laissant tomber sur une chaise, vite, lavez-moi, peignez-moi, rasez-moi; je suis moulu, aveuglé, assourdi.

— Per Bacco! signor Gravina, répondit le

barbier, se mettant en besogne, il fallait le carnaval pour desserrer les dents de votre seigneurie ! Depuis tantôt huit ans que vous êtes l'hôte de notre propriétaire, le seigneur Paolo Coardo de Turin, que j'ai l'honneur de barbifier, ainsi que vous, je ne vous en ai

AVEZ-VOUS ÉTÉ RECONNU?...
(P. 23.)

jamais entendu dire au-
tant. »

Gravina sourit sans
répondre; enhardi par
ce sourire, Gavarino
reprit :

« Avez-vous été re-
connu dans la foule,
signor?

— Seulement par un
paillasse... la voix la
plus délicieuse; j'en ai

encore le timbre en-
chanteur dans l'oreille.

— Un petit paillasse?
demanda le barbier.

— Un grand, pres-
que un géant.

— Je n'y suis plus;
s'il avait été petit, j'au-
rais su qui c'était; il
n'y a pas deux voix
comme celle-là dans
Rome, monseigneur.

— Comme laquelle? demanda Gravina.

— Celle du petit Pierre – Bonaventure Trapassi ; imaginez-vous, signor, un enfant de dix ans, un enfant du peuple, quoi! qui ne sait lire que dans un livre, *la Jérusalem délivrée*, et qui improvise des vers qui laissent bien

loin derrière eux, per
Bacco! les vers de Tor-
quato Tasse de Sor-
rente, et ceux de Ber-
nardo Tasse, son père...
Vous haussez les épau-
les, signor, et parce
que je suis un barbier
vous pensez que je ne
peux pas bien juger
des vers... mais, per
Bacco! on a beau ma-

nier le rasoir, la lan-
cette, une houppe à
poudre, cela n'ôte pas
l'oreille et l'âme, et
c'est ce qu'il faut pour
juger des vers....

— Et où l'entend-on,
ce petit phénomène?
demanda Gravina, dont
la toilette était faite et
qui se dirigeait vers
une porte de la bouti-

que qui donnait sur une cour intérieure de la maison où il demeurait.

— Tous les soirs, au Champ de Mars, répondit le barbier. »

A cinq heures, la cloche du Capitole s'étant de nouveau fait entendre, les voitures qui encombraient les

rues furent averties de
se retirer, et la rue du
Corso se trouva libre;
Gravina se décida à
sortir une seconde fois
pour aller faire sa pro-
menade habituelle sur
les bords du Tibre.
D'ordinaire il choisis-
sait les côtés les plus
sauvages et les plus
éloignés du bruit de la

ville ; c'était ordinairement une petite plaine sablonneuse, couchée paresseusement entre des rochers verdoyants, et sur le sable de laquelle venaient mourir les vagues jaunes et molles du Tibre.

Assis sur une roche qui dominait la plaine, Gravina fut bientôt dis-

trait de ses pensées
rêveuses par une voix
ravissante qui chantait
des paroles inconnues
sur un rhythme des
plus originaux ; c'était
la voix du grand pail-
lasse du matin. Le ju-
risconsulte le chercha
des yeux, mais il ne vit
que deux vaches qui
s'ébattaient sur le sa-

ble, et un peu plus loin trois enfants qui jouaient.

L'aîné de ces enfants, qui pouvait avoir dix ans, et dont la figure ouverte et riante marquait l'insouciance la plus absolue, était à genoux; il portait à cheval sur son dos une petite fille de deux ans,

IL PORTAIT A CHEVAL SUR SON
DOS... (P. 32.)

tenue à la lisière par une autre jeune fille plus grande et du même âge à peu près que le petit garçon. Machinalement, Gravina cessa de chercher son grand paillasse pour s'occuper de ce groupe charmant, duquel partaient de temps à autre des éclats de rire d'une

gaieté franche et pure,
des cris d'une joie sau-
vage et libre.

Mais bientôt ces cris
cessèrent, et les chants
se firent entendre de
nouveau : le grand pail-
lasse était donc aussi
par là caché quelque
part. Gravina s'éloigna
des enfants pour se re-
mettre à la poursuite

du propriétaire de cette voix si séduisante, qu'elle remuait son âme et l'agitait des plus douces émotions; mais en s'éloignant des enfants, il s'éloignait aussi de la voix; quand il les eut perdus de vue, il n'entendit plus rien.

Gravina rentra chez Paolo Coardo de Turin

pour y prendre le re-
pas du soir ; puis après
souper, il s'achemina
avec son hôte vers le
Champ de Mars pour y
jouir de l'effet d'une
mascarade aux flam-
beaux, spectacle donné
par les plus riches ha-
bitants de Rome. En
avançant sur le Champ
de Mars, ils furent tous

les deux salués par le barbier Gavarino.

« **Si** leurs seigneuries veulent juger si j'ai raison, dit cet homme en s'inclinant devant ses deux pratiques, le petit Trapassi est là. »

Et le barbier désigna du doigt un groupe assez nombreux.

« Etes-vous curieux d'entendre ce prodige ? demanda Paolo Coardo à Gravina.

— Mais oui, dit celui-ci ; la voix humaine harmonieusement modulée a pour moi un charme dont je ne peux me défendre, répondit le jurisconsulte.

— Eh bien ! ayançons, lui dit son hôte.»

Et ils avancèrent.

Un profond silence semblait planer sur toutes ces personnes agglomérées dans co coin assez écarté du Champ de Mars, tan— dis qu'un peu plus loin tout était bruit et mou— vement.

«Chut ! dirent quel—

ques personnes de ce groupe silencieux aux deux étrangers qui causaient en cherchant à se faufiler parmi elles.

— Chut !... écoutez... il va commencer. »

Et comme tous les regards se portaient vers un point du centre, Gravina chercha

ce point et ne put re-
tenir une exclamation
de surprise.

A la clarté d'une de
ces belles nuits étoilées
et claires de l'Italie, le
Calabrais vit un enfant
couché par terre; en le
regardant bien, il crut
reconnaître l'enfant de
la plaine des bords du
Tibre, celui qui faisait

le cheval, bien que l'ex-
pression de ce jeune et
beau visage fût tout à
fait changée. Ce n'était
plus cette figure animée
et insouciante du matin,
.ces beaux yeux noirs
brillant du feu d'une
gaieté folle. C'était une
expression triste et rê-
veuse, une pose élé-
gamment paresseuse,

une nonchalance aris-
tocratique répandue
sur ce jeune enfant, et
qui contrastait avec la
misère attestée par ses
vêtements délabrés.

Au milieu de toutes
ces observations, l'en-
fant ouvrit la bouche et
chanta... C'était encore
la voix ravissante du
grand paillasse. Ainsi

plus de doute, le grand
paillasse, le vacher de
la plaine, le petit chan-
teur du Champ de
Mars, ce n'est plus
qu'une seule et même
personne. Et cepen-
dant quelle variété dans
le chant! Dans la rue
du Corso, c'étaient des
paroles carnavalesques
sur un air qui sentait

la folie ; dans la plaine du bord du Tibre, c'était une de ces mélodies naïves et gracieuses comme doivent en chanter les anges au ciel ; ici, c'était une mesure large, lente, sévère, et à chaque note les paroles étaient appropriées ; il était constant que l'auteur de l'air était l'auteur des paroles ; et tout ce talent réuni dans une petite créature de dix ans ! Quand il eut cessé de chanter, Gravina fendit la foule et s'élança vers lui.

« Tiens, lui dit-il, voilà pour le plaisir que tu viens de me causer ! »

LAISSEZ-MOI PASSER... (P. 47.)

Et le jurisconsulte mit une pièce d'or dans la main de l'enfant; celui-ci se releva d'un seul bond.

« Une aumône, à moi! dit-il, l'œil et le geste animés. »

Et remettant l'or dans la main qui venait de le lui donner :

« Laisse-moi passer,

signor Gravina, ajouta-
t-il, essayant effective-
ment de passer outre.

— Tu me connais
donc? lui dit le juris-
consulte le retenant au
passage.

— Oui, dit fièrement
l'enfant, ma mère, qui
est veuve et pauvre,
habite la cave de l'hôtel
où vous demeurez; lais-

sez-moi passer, vous dis-je.

— Passer, passer... répéta Gravina en riant, c'est ce que je ne veux pas; tu as du talent et de la fierté, je t'aime, enfant; tu n'as plus de père, je serai ton père... tu n'as pas de fortune, je te donnerai la mienne!... Et quant à cette parole si superbe dans ta bouche, laissez-moi *passer*, j'en ferai ton nom, Métastase (1).

(1) *Métastase*, signifie en grec *passer*. L'enfant qui reçut ce nom fut l'un des plus grands poètes de l'Italie.

MÉTASTASE

Métastase, l'un des noms les plus glorieux de la littérature italienne, naquit à Rome le 3 janvier 1698, de parents pauvres et de condition obscure. Il était destiné par son père à entrer comme

apprenti chez un or-
fèvre, lorsqu'il fit la
rencontre, que nous
venons de raconter, du
fameux Gravina, célè-
bre jurisconsulte ita-
lien.

Tout en cherchant à
l'instruire dans toutes
les connaissances hu-
maines dont la poésie
peut emprunter les le-

çons, son bienfaiteur l'encourageait dans le talent d'improviser que Métastase semblait avoir reçu de la nature.

A l'âge de quatorze ans, il écrivit une tra-gédie intitulée Justin. Il s'en faut de beau-coup que ce soit un chef-d'œuvre, on ne peut même pas dire que ce soit une bonne pièce; mais on y re-marque un mouvement musical donné à ses vers, qui pouvait déjà faire prévoir que le talent de Métastase se révèlerait surtout en écrivant des opéras.

Gravina mourut en 1718, laissant à son élève une fortune très considérable. Quelque temps après, Métastase quitta Rome pour se rendre à Naples, où il s'adonna complètement au théâtre. Plus tard il se rendit à Vienne, où il fut très bien accueilli à la cour de l'empereur. Il se fixa dans cette ville, s'y rendit célèbre par de nouvelles

œuvres, et y jouit pai-
siblement, pendant les
dernières années de sa
vie, des lauriers qu'il
avait cueillis dans sa
glorieuse carrière.

Jamais Métastase
n'ambitionna de di-
gnités éclatantes. On
avait voulu, à un mo-
ment, le faire couron-
ner au Capitole, mais

le poète refusa ; il fut inflexible, disant qu'il était trop vieux pour monter si haut.

Une des plus grandes joies de sa vieillesse, fut la publication d'une magnifique édition de ses œuvres, imprimée à Paris en 1780. Il avait dans sa bibliothèque plus de

quarante éditions de ses
œuvres, publiées en
Italie; il appelait celle
de Paris « la gloire
et le couronnement de
ses vieux jours. »

Métastase mourut à
Vienne à l'âge de 84 ans.

FIN.

Limoges. — Imp. E. Ardant et C.

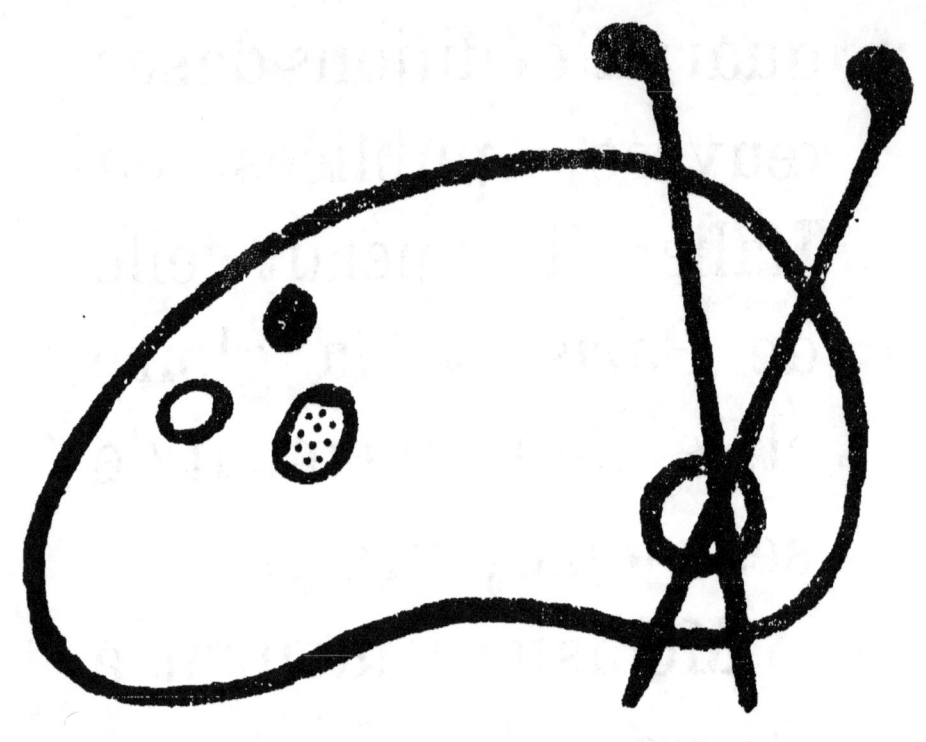

EUGÈNE ARDANT

www.ingramcontent.com/pod-product-compliance
Lightning Source LLC
Chambersburg PA
CBHW060812180626
46818CB00002B/799